10 Février 1908

marqué PN

VENTE

HOTEL DROUOT, SALLE N° 10

Du Lundi 10 Février 1908

A DEUX HEURES TRÈS PRÉCISES

EXPOSITION PUBLIQUE

Le Dimanche 9 Février 1908

DE 1 H. 1/2 A 5 H. 1/2

PORCELAINES ANCIENNES

Biscuits — Faïences

STETTINER

COMMISSAIRE-PRISEUR

Me F. LAIR-DUBREUIL

EXPERTS

MM. PAULME & B. LASQUIN FILS

CATALOGUE

DES

PORCELAINES ANCIENNES

BISCUITS, FAIENCES, ETC.

Des Fabriques

D'ALLEMAGNE, ARRAS, BERLIN, CHANTILLY, CHINE, DAMAS,
DELFT, FRANKENTHAL, HISPANO-MAURESQUE, INDE, LILLE, LORRAINE, MARSEILLE,
MENNECY, MIDI, NEVERS, NIEDERWILLER,
NYMPHENBOURG, PARIS, RHODES, SAXE, SÈVRES (pâtes tendres et pâtes dures),
TOURNAI, VIENNE, ETC., ETC.

Dont la Vente aux Enchères publiques aura lieu

HOTEL DROUOT, SALLE N° 10

Le LUNDI 10 FÉVRIER 1908

à deux heures très précises

EXPOSITION PUBLIQUE : Le Dimanche 9 Février 1908, de 1 h. 1/2 à 5 h. 1/2

COMMISSAIRE-PRISEUR
Me F. LAIR-DUBREUIL
6, rue Favart

EXPERTS
MM. PAULME & B. LASQUIN FILS
10, rue Chauchat | 12, rue Laffitte

CONDITIONS DE LA VENTE

Elle sera faite *au comptant.*

Les adjudicataires paieront *dix pour cent* en sus des enchères.

L'exposition mettant le public à même de se rendre compte de la nature et de l'état des objets, aucune réclamation ne sera admise, une fois l'adjudication prononcée.

Paris. — Imp. de l'Art, Ch. Berger et Cie, 41, rue de la Victoire.

DÉSIGNATION

1 — Allemagne. Chocolatière couverte, à manche en bois, décor en couleurs, à médaillons de paysages maritimes et dorure.

2 — Allemagne. Statuette d'homme debout tenant une corbeille, décor en couleurs.

3 — Allemagne. Paire de flambeaux à base carrée, décorés de fleurettes en couleurs.

4 — Arras (pâte tendre). Paire de cache-pot à deux anses coquilles, décor bleu à petites fleurettes.

5 — Battersea. Deux salières à trois pieds en émail, fleurs ou médaillons à paysages.

6 — Berlin. Assiette à pâte gaufrée et marli ajouré vannerie, décorée de bouquets de fleurs en couleurs.

7 — Berlin. Service à thé et café pour deux personnes : Plateau lobé à deux anses rocailles, deux tasses à thé et deux à café avec leurs soucoupes, théière, cafetière, pot à lait et su-

crier. Décor en couleurs : Personnages ou sujets allégoriques. Le tout dans son ancienne gaine en cuir.

8 — Biscuit. Deux figurines de femmes : Sujets allégoriques.

9 — Biscuit. Trois plaques rondes à décor de sujets en bas-relief blanc sur bleu.

10 — Chantilly (pâte tendre). Dix-sept tasses et quinze soucoupes, décor bleu à fleurettes.

11 — Chantilly (pâte tendre). Compotier à bords festonnés : chiffre et petit feuillage en bleu.

12 — Chantilly (pâte tendre). Douze assiettes à marli vannerie, décor bleu à fleurettes.

13 — Chantilly (pâte tendre). Quarante-quatre assiettes, décor bleu à fleurettes.

14 — Chantilly (pâte tendre). Paire de vases, à deux anses, décor en couleurs : fleurs.

15 — Chine. Deux statuettes de Kouan-in en porcelaine émaillée blanc.

16 — Chine. Statuette de bouddha accroupi, émaillée blanc; monture ancienne formant flambeau à deux lumières en bronze ciselé et doré, avec fleurettes de porcelaine.

17 — Chine. Deux statuettes de bouddhas accroupis, émaillées blanc.

18 — Chine. Plat rond creux, décor bleu sur fond blanc : rosace, attributs et rinceaux.

19 — Chine. Paire de petites potiches, forme balustre, décor en bleu, rouge et or.

20 — Chine. Paire de petits vases, forme balustre, décor bleu à lambrequin et bordure feuilles de palmier.

21 — Chine. Bouteille, forme balustre, à huit pans et petit renflement au goulot, décor de fleurs en couleurs.

22 — Chine. Plateau circulaire à bords lobés, décoré en émaux de couleurs; au centre, médaillon avec vase de fleurs; au pourtour, médaillons à fleurs et ustensiles divers.

23 — Chine. Petite cafetière couverte, décorée de médaillons à fleurs en émaux de couleurs sur fond carrelé rehaussé de dorure.

24 — Chine. Vase émaillé bleu-turquoise, orné sur la panse de chrysanthèmes en couleurs.

25 — Chine. Paire de petits vases-rouleaux à pâte gaufrée, ornés de branches de chrysanthèmes en couleurs.

26 — Chine. Potiche, forme balustre aplatie, décor de fleurs et plantes aquatiques en couleurs.

27 — Chine. Petite bouteille, à décor bleu; petite monture ancienne, col et base en bronze doré.

28 — Chine. Paire de bouteilles à goulot renflé en céladon craquelé; ancienne monture en bronze doré, col enguirlandé et socle de base.

29 — Chine. Pot couvert, décoré en couleurs de bouquets de fleurs.

30 — Chine. Pot à gingembre couvert, décoré d'arbustes fleuris en émaux de couleurs.

31 — Chine. Vase ovoïde, à décor bleu d'ustensiles et attributs.

32 — Chine. Paire de gourdes plates à deux anses lézards, décor bleu à médaillons : personnages et ustensiles.

33 — Chine. Petit pot ovoïde, décoré de fleurs en couleurs, col et bouchon en bronze doré.

34 — Chine. Quarante-cinq assiettes de trois décors différents en couleurs.

35 — Damas. Plat circulaire, décoré par compartiments de fleurs en bleu sur fond blanc.

36 — Delft. Deux potiches, à décor de lambrequins en bleu sur blanc.

37 — Delft. Deux petits sphynx, décor en couleurs.

38 — Delft. Deux chevaux couchés sur socles, décor bleu.

39 — DIVERS. Plateau de fromagère, deux corbeilles ajourées, deux coupes rondes à piédouche variées de forme, deux salières doubles, décor à fleurettes.

40 — FRANKENTHAL. Sucrier à poudre, forme balustre, à godrons en spires : décor en camaïeu, fleurs et grecque. Dans un médaillon, chiffre A. E. en dorure.

41 — HISPANO-MAURESQUE. Plat creux en faïence à reflets métalliques ; au centre, oiseau encadré d'arabesques.

42 — HISPANO-MAURESQUE. Pot à eau en faïence, décor à reflets, personnage et fleurs.

43 — INDE. Boite à thé et deux tasses, fleurs en couleurs.

44 — INDE. Quatre assiettes variées de décor en couleurs : chiffres ou fleurs.

45 — INDE. Six assiettes à fond bleu rehaussé de dorure et quatre médaillons à fleurs.

46 — LILLE OU TOURNAI (pâte tendre), quarante assiettes et un bol, décor bleu à fleurs.

47 — LILLE et autres fabriques (pâte tendre). Trois raviers bateaux, saucière, sucrier couvert, pot à lait. Décor bleu.

48 — LORRAINE (Terre de). Aiguière à anse torsade, ornée de godrons en relief, décor en dorure.

49 — Lorraine (Terre de). Corbeille ajourée, décor en relief.

50 — Marseille. Vase cache-pot, à bords contournés et deux anses faites de branchages, décor en couleurs : bouquets de fleurs.

51 — Marseille (Imitation de). Aiguière et bassin en faïence, décor en couleurs.

52 — Mennecy (pâte tendre). Deux pots à sorbets, décor à guirlandes de fleurs en couleurs.

53 — Mennecy (pâte tendre). Petit vase Médicis, fleurs en couleurs.

54 — Mennecy (pâte tendre). Petit pot à pommade couvert, fleurs en couleurs.

55 — Mennecy (pâte tendre). Sucrier couvert avec plateau à quatre lobes, décor polychrome : bouquets de fleurs.

56 — Mennecy (pâte tendre). Tasse et soucoupe, décor de fleurs en couleurs.

57 — Mennecy (?) pâte tendre. Statuette de jeune femme assise auprès d'un vase et tenant un verre en main, décor en couleurs.

58 — Midi. Vase, forme aiguière, à anse et couvercle en faïence, décor en relief et en couleurs : feuillages, rinceaux et guirlandes.

59 — Midi. Aiguière en faïence, décorée en relief et couleurs : fleurs, insectes, etc.

60 — Nevers. Paire de vases de pharmacie, à piédouche, décor en blanc sur fond bleu : feuillage et inscription.

61 — Niederwiller. Beurrier couvert, quatre raviers-bateaux, deux confituriers, décor à fleurettes.

62 — Niederwiller. Cinq plats ronds, un plat long, décor à fleurettes.

63 — Niederwiller et autre. Environ cent cinquante assiettes, décor à fleurettes.

64 — Niederwiller et autre. Cinq pots à crème et quatre pots à sorbets variés, de décor à fleurettes.

65 — Nymphenbourg. Cinq assiettes à marli ajouré, décor en couleurs : bouquets de fleurs.

66 — Palissy (Attribué à B.). Grand plat ovale modelé en relief à reptiles, poissons, coquillages, etc., émaillé en couleurs.

67 — Paris. Partie de service de table, comprenant : trente-quatre assiettes de deux dimensions, corbeille, trois compotiers-coquilles, trois compotiers lobés, bol et deux confituriers, décor à festons et fleurettes.

68 — Paris (A la Reine). Ravier, forme bateau, décoré de bouquets de fleurs en couleurs.

69 — PARIS, Cafetière couverte avec manche en bois, décor en couleurs : paysages maritimes avec personnages.

70 — PARIS. Théière couverte, décor en couleurs : bouquets de fleurs.

71 — PARIS. Tasse obconique couverte et présentoir, décor en dorure : bordure et guirlandes, médaillons avec volatiles.

72 — PARIS. Tasse obconique couverte et présentoir, décor en dorure : bordure et festons de fleurs et feuillages.

73 — PARIS. Deux petites tasses et soucoupes : l'une à paysage maritime en camaïeu, l'autre à rinceaux de fleurs en couleurs.

74 — PARIS. Tasse cylindrique et soucoupe, décor en couleurs et dorure : rubans, guirlandes et fleurs.

75 — PARIS. Deux tasses cylindriques : guirlandes de fleurs.

76 — PARIS. Socle-piédouche, décor à compartiments d'arabesques avec médaillons et attributs.

77 — PARIS. Poêlon couvert, à manche d'ivoire, décor de fleurettes en couleurs.

78 — PARIS. Trois plats ovales, décor de fleurettes en couleurs.

79 — Paris (A la Reine). Vingt-six assiettes, décor de fleurettes en couleurs.

80 — Paris. Quinze tasses et soucoupes variées de décor : fleurettes.

81 — Paris (Locré). Sucrier couvert à plateau, décor en couleurs : bouquets.

82 — Paris. Dix-neuf assiettes variées de dimension et décor. (Modernes.)

83 — Paris (Locré). Partie de service de table, comprenant : deux soupières ovales avec plateaux, deux compotiers coquilles, trois compotiers ronds et vingt-deux assiettes, décor en couleurs à bouquets de fleurs et fleurettes au centre, rinceau en dorure au marli.

84 — Paris (Locré). Quatre groupes à plusieurs personnages : paysans et musiciens, et deux statuettes en biscuit.

85 — Paris (J.-Petit). Paire de petits flambeaux : tronc d'arbre avec figurine et fleurs, en couleurs.

86 — Paris (J.-Petit). Paire de bouteilles couvertes entièrement de myosotis avec bouquets de fleurs en relief et en couleurs

87 — Rhodes. Quatre plats variés de décor en couleurs : fleurs, palmettes, rinceaux.

88 — Saxe. Présentoir de forme contournée, décoré en couleurs de festons de fleurs, bordure à imbrications violettes.

89 — SAXE. Salière, formée de trois petites coupes à quatre lobes, décorées de fleurs en couleurs. Monture en argent doré.

90 — SAXE. Vase brûle-parfum porté par trois amours, sur base à rocailles.

91 — SAXE. Deux tasses, décor à fleurs en couleurs.

92 — SAXE. Deux tasses et soucoupes avec partie ajourée, décor à bouquets de fleurs en couleurs; tasse à deux anses.

93 — SAXE. Deux vases pots-pourris, décor en couleurs : personnages et fleurs.

94 — SAXE. Tasse et soucoupe, décor en couleurs : personnages dans des paysages.

95 — SAXE. Tasse cylindrique et soucoupe à fond gros bleu et médaillon en couleurs : vue de *Pillnitz*.

96 — SAXE. Déjeuner tête-à-tête, comprenant : plateau ovale, deux tasses et soucoupes, théière, cafetière, pot à lait et sucrier, décor à fleurs en couleurs.

97 — SAXE. Tasse couverte et soucoupe, décor en couleurs à fleurs et bordure gaufrée en relief blanc sur fond rouge.

98 — SAXE. Vingt-six tasses cylindriques à anse grecque, décor en couleurs à fleurs et insectes,

bordure à carrelage bleu, torsade de ruban avec fleurettes.

99 — Saxe. Trois compotiers triangulaires à côtés contournés, même décor.

100 — Saxe. Quatre compotiers carrés à côtés contournés, même décor.

101 — Saxe. Quatre compotiers ovales, même décor.

102 — Saxe. Sept compotiers ronds, de trois grandeurs variées, même décor.

103 — Saxe. Deux coupes circulaires, même décor.

104 — Saxe. Douze compotiers, forme feuille, de deux grandeurs variées, même décor.

105 — Saxe. Deux plateaux circulaires à deux anses et quatre pieds-boules, même décor.

106 — Saxe. Deux paires de cache-pot à deux anses coquilles, même décor.

107 — Saxe. Paire de rafraîchissoirs à deux anses coquilles, même décor.

108 — Saxe. Cinquante-sept assiettes à marli ajouré et décoré d'une bordure semblable à celle des pièces précédentes. Le centre de chacune des assiettes est décoré de médaillons variés : vues de villes, paysages animés, sujets pastoraux, sujets familiers, sujets allégoriques, en couleurs ou en grisaille.

109 — SAXE. Trois corbeilles ajourées à deux anses et quatre pieds-grecques, décor en bleu-turquoise et dorure.

110 — SAXE. Deux corbeilles ajourées sur piédouche, à deux anses têtes de béliers enguirlandées, décor en bleu-turquoise et dorure.

111 — SAXE. Quatre corbeilles ajourées à deux anses têtes de béliers et quatre pieds-griffes enguirlandés, décor en bleu-turquoise et dorure avec médaillons en grisaille.

112 — SAXE. Deux grandes corbeilles couvertes, de forme ronde, complètement ajourées, à anses têtes de béliers enguirlandées et médaillons en grisaille, quatre pieds-gaines. Les couvercles sont surmontés d'une flamme, décor en bleu-turquoise et dorure.

113 — SAXE. Deux assiettes à pâte gaufrée-vannerie et marli ajouré, décor en couleurs : bouquets de fleurs.

114 — SAXE. Chien d'arrêt debout, décor au naturel.

115 — SAXE. Groupe allégorique, femme debout tenant un perroquet; à la base, amours, chien, etc., décor en couleurs.

116 — SAXE. Groupe de trois figures dont *Bacchus sur un âne*, décor en couleurs.

117 — Saxe. Petite bouteille à décor chinois de fleurs en couleurs ; petite monture ancienne en bronze doré.

118 — Saxe. Deux importants groupes faisant pendants. Ils se composent chacun de deux enfants figurant ensemble les Quatre Saisons : l'un le *Printemps* et l'*Hiver*, l'autre l'*Été* et l'*Automne* et sont décorés en couleurs. Ils reposent sur de très beaux socles de base anciens en bronze ajouré, ciselé et doré, à moulures enguirlandées, consoles de feuillages et ornement divers. — Hauteur totale : 35 centimètres.

119 — Sceaux (pâte tendre). Petit pot à pommade couvert, fleurs en couleurs.

120 — Sèvres (pâte tendre). Deux petites tasses et soucoupes en blanc et bordure dorée; sucrier couvert en blanc et dentelle en dorure.

121 — Sèvres (pâte tendre). Tasse cylindrique et soucoupe, fond bleu-turquoise avec dentelle en dorure : médaillons à sujets allégoriques en couleurs.

122 — Sèvres (pâte tendre). Tasse cylindrique et soucoupe; fond gros bleu, rehaussé d'or : médaillons avec vases de fleurs en couleurs.

123 — Sèvres (pâte tendre). Tasse droite et soucoupe, fond gros bleu et festons de feuillages en dorure.

124 — Sèvres (pâte tendre). Tasse droite et soucoupe, décor en partie gros bleu, bandes à fleurettes et fond piqué or.

125 — Sèvres (pâte tendre). Tasse droite et soucoupe, décor en couleurs : festons et rinceaux de fleurs.

126 — Sèvres (pâte tendre). Tasse droite et soucoupe, décor en couleurs : petites fleurettes avec lettre V dans un médaillon.

127 — Sèvres (pâte tendre). Tasse et soucoupe, décor en couleurs : petits bouquets de roses dans des rinceaux de petits feuillages.

128 — Sèvres (pâte tendre). Tasse cylindrique et soucoupe, décor en bleu, blanc et or : entrelacs vannerie.

129 — Sèvres (pâte tendre). Tasse couverte et présentoir, décor en couleurs : bouquets de fleurs.

130 — Sèvres (pâte tendre). Tasse couverte et soucoupe, fond gros bleu : médaillons à oiseaux.

131 — Sèvres (pâte tendre). Tasse et soucoupe, décor à fond vert et médaillons en couleurs : attributs et fleurs.

132 — Sèvres (pâte tendre). Tasse droite couverte et présentoir, décor camaïeu rose : festons et guirlandes de fleurs.

133 — Sèvres (pâte tendre). Tasse couverte à deux anses et soucoupe : bouquets de fleurs en couleurs; soucoupe, fleurs en couleurs.

134 — Sèvres (pâte tendre). Sucrier couvert, décor en couleurs : petits bouquets.

135 — Sèvres (pâte tendre). Petit sucrier couvert, décor camaïeu rose : arbustes et oiseaux.

136 — Sèvres (pâte tendre). Déjeuner solitaire, comprenant : plateau ovale à lobes, tasse et soucoupe, théière, sucrier couvert et crémier, décor en couleurs : guirlandes de fleurettes et bordure à pointillé bleu.

137 — Sèvres (pâte tendre). Déjeuner tête-à-tête, comprenant : plateau ovale à deux anses, deux tasses et soucoupes, sucrier, crémier, décor à fond piqué lilas et petites réserves à roses et entrelacs de guirlandes de fleurs et feuillages en dorure.

138 — Sèvres (pâte tendre). Six assiettes à bords festonnés, marli gaufré et décor en couleurs : fleurs et hachures bleues.

139 — Sèvres (pâte tendre). Tasse et soucoupe à pâte gaufrée, à godrons, décor à cannelures en bleu et rehauts d'or.

140 — Sèvres (pâte tendre). Petit vase, décoré de fleurs en couleurs, piédouche et base en bronze doré.

141 — Sèvres (?), pâte tendre. Petite aiguière, décor gros bleu caillouté d'or et médaillon à personnages.

142 — Sèvres (?), pâte tendre. Onze coquetiers à anse, décorés sur fond bleu-turquoise d'un médaillon à oiseau.

143 Sèvres (?), pâte tendre. Trois assiettes, décorées en couleurs, bleu-turquoise et dorure : sujets variés.

144 — Sèvres (?), pâte tendre. Deux coupes, de forme polygonale, décorées sur fond bleu-turquoise de mdaillons à oiseaux. Montures en bronze doré.

145 — Sèvres (?), pâte tendre. Compotier lobé, décoré sur fond bleu-turquoise de deux médaillons avec amours.

146 — Sèvres (Genre de). Deux coupes, forme lobée, en pâte tendre, décor à fleurs et oiseaux sur fond turquoise. Montures en bronze doré.

147 — Sèvres (pâte dure). Tasse et soucoupe, médaillons à paysages en couleurs et bordure dorée.

148 -- Sèvres (pâte dure). Tasse droite et soucoupe, décor en couleurs et dorure par bandes : fleurettes et festons.

149 — Sèvres (pâte dure). Grande tasse cylindrique et soucoupe, décor en dorure : lambrequin et guirlandes.

150 — Sèvres (pâte dure). Crémier à trois pieds et anse, décoré de fleurs en couleurs.

151 — Sèvres (pâte dure). Déjeuner solitaire comprenant : plateau de forme contournée, tasse et soucoupe, sucrier, théière et crémier, décor bleu-tapis et filet or.

152 — Sèvres (pâte dure). Tasse et soucoupe, décor de guirlandes de pensées, palmettes, etc., sur fond lilas.

153 — Sèvres (pâte dure). Paire de vases sur piédouche, fond gros bleu, décor en dorure : pampres, palmes, etc.; socle marbré, contre-socle, marbre vert de mer. Restauration.

154 — Sèvres (pâte dure). Paire de vases analogues, plus petits; contre-socle, marbre jaune de Sienne. Restauration.

155 — Sèvres (?) pâte dure. Paire de vases émaillés bleu-turquoise rehaussé de dorure, monture à deux anses et piédouche en bronze doré.

156 — Sèvres (Genre de). Douze assiettes décorées d'une bordure à perles simulées.

157 — Tournai (pâte tendre). Cent-quinze assiettes et un plat, décor bleu à fleurs.

158 — Tournai (pâte tendre). Vingt-quatre assiettes, décor bleu à fleurs.

159 — TOURNAI (?), pâte tendre. Assiette décorée au centre d'un sujet pastoral à personnages, marli gros bleu rehaussé de dorure.

160 — VIENNE. Paire de petits vases sur fûts de colonnes, en biscuit, anses têtes de béliers et attributs en relief.

161 — VIENNE. Groupe de deux personnages et un chien, d'après Boucher : berger offrant une grappe de raisin à une bergère assise auprès de lui, décor en couleurs.

162 — VIENNE. Assiette décorée en couleurs et dorure ; au fond, sujet mythologique figurant un *Enlèvement*, très finement peint par *Perger* (signé), marli à frise et feston en dorure.

163 — VIENNE. Assiette décorée en couleurs et dorure ; au fond, sujet allégorique à personnages : *Vénus et l'Amour*, très finement peint par *E. Pollack* (signé), marli à grecques et médaillons avec sujets en camaïeu.

164 — WEDGWOOD. Corbeille ajourée émaillée en blanc avec attributs peints.

165 — Sous ce numéro, les porcelaines ou faïences omises au présent catalogue.

Supplément au CATALOGUE

---

166 — Chine. Assiette décorée en couleurs; au centre, personnage assis auprès d'un meuble, dans un jardin; bordure à fond oxydé et médaillons à fleurs.

167 — Chine. Compotier creux en porcelaine mince, décor en couleurs; au centre, médaillons de fleurs, marli à large lambrequin à fleurs en émaux de couleurs sur fond rose. (Fêlé.)

168 — Chine. Paire de potiches, forme balustre, à fond céladon craquelé et branchages fleuris en relief et en couleurs, bordures à grecques.

169 — Chine. Assiette, décor en couleurs; fleurs au centre; bordure dentelée et vermiculée.

170 — Chine. Compotier, de forme lobée, décoré d'une branche fleurie et d'un animal chimérique.

171 — Japon. Deux petits plats et trois assiettes, décor en couleurs.

172 — Japon. Deux coupes ovales, décor en couleurs.

173 — Delft. Potiche, forme balustre, en faïence, décorée de fleurs et de lambrequins en bleu.

174 — Italie. Assiette en faïence, décorée en couleurs; au centre, sujet à personnage; marli à rinceaux fleuris et armoirie.

175 — Midi. Plateau en faïence, décor en couleurs, rocailles et fleurs.

Paris.— Imprimerie de l'Art, Ch. Berger et Cie, 41, rue de la Victoire.

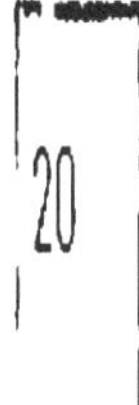

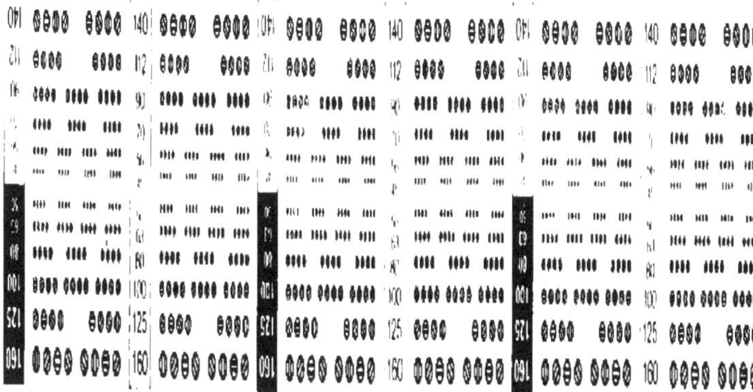

MIRE ISO N° 1
NF Z 43-007
AFNOR
Cedex 7 - 92080 PARIS-LA-DÉFENSE

379 98 70
graphicom

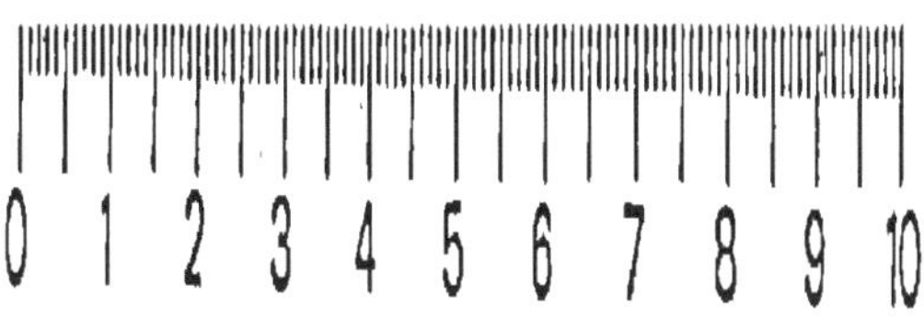

BIBLIOTHEQUE
NATIONALE
DE FRANCE
****
CHATEAU
DE
SABLE
1996

www.ingramcontent.com/pod-product-compliance
Ingram Content Group UK Ltd.
Pitfield, Milton Keynes, MK11 3LW, UK
UKHW022150260726
13993UKWH00005B/2284